LAS ESTACIONES

# LO QUE VEO EN EL OTOÑO

por Danielle J. Jacks

I0794106

## TABLA DE CONTENIDO

tadpole en español

# PALABRAS A SABER

abrigos

autobús escolar

calabazas

disfraces

hojas

manzanas

# LO QUE VEO EN EL OTOÑO

¡Estamos en el otoño!

Se pone más frío.

Usamos abrigos.

Las hojas caen.

Usamos un rastrillo.

**Las manzanas crecen.**

Me como una.
¡Mmm!

Veo un autobús escolar.

**¡Vamos a la escuela!**

Veo unas calabazas.

¡Las tallamos!

Veo unos disfraces.

¡Truco o trato!

# ¡REPASEMOS!

**¿Qué están haciendo estos niños en el otoño?**

# ÍNDICE